LE

COUP DE GRACE

DRAME

TIRÉ DES « KLEINE DRAMEN » DE PAUL HEYSE

PAR

FREDLY WESTPHAL

MONTPELLIER

TYPOGRAPHIE ET LITHOGRAPHIE CHARLES BOEHM

Imprimeur du Conseil supérieur des Facultés

—

1894

LE

COUP DE GRACE

LE

COUP DE GRACE

DRAME

Tiré des « KLEINE DRAMEN » de Paul HEYSE

PAR

FREDLY WESTPHAL

MONTPELLIER

TYPOGRAPHIE ET LITHOGRAPHIE CHARLES BOEHM

Imprimeur du Conseil supérieur des Facultés

—

1894

LE

COUP DE GRACE

———

PERSONNAGES

LUDOVIC ᴅᴇ HOCHSTETTEN, Ancien attaché d'Ambassade.

ELIANE, sa femme.

Dʳ EDOUARD ECKART, Médecin et ami.

MARTIN, vieux serviteur.

SCÈNE PREMIÈRE

(Un élégant boudoir dans la villa des Hochstetten. La nuit des-
cend. Deux lampes à pied éclairent la pièce. Martin, accroupi
devant la cheminée, tisonne le feu. Eliane entre brusquement,
en proie à une fièvreuse agitation.)

ELIANE.

Monsieur n'est pas encore rentré?

MARTIN (*se relevant*).

Pas encore, Madame.

ELIANE.

Sais-tu où il est allé, Martin?

MARTIN.

Je n'ai pas vu, Madame. Mais il y a bien deux
heures que Monsieur le Baron s'est fait seller Sandor,
l'étalon de Hongrie. Madame devrait bien le mettre en
garde contre cette mauvaise bête. Personne à l'écurie
n'en peut faire façon. Pour sûr il arrivera malheur !

ELIANE.

Hélas ! que de fois je le lui ai dit, mon pauvre Martin ! Mais tu sais, il ne veut rien entendre ; le danger l'attire.

MARTIN.

Et par ce verglas, encore... Et le cheval qui n'est pas seulement ferré à glace !

ELIANE.

(se laisse choir sur un divan devant la table, prend un livre, l'ouvre machinalement, et le remet en place).

Ton maître est excellent cavalier, Martin, et il connaît sa bête. Tu verras qu'il n'arrivera rien du tout. Il va être là !

MARTIN.

Mais qui sait dans quel état ! Comme la dernière fois, peut-être ; baigné de sueur et les éperons san-glants ; et la bête qui tremblait encore une heure après !... Ah ! Madame...

ELIANE *(jette un coup d'œil à la pendule)*

Sept heures ! Le train arrive à six heures et demie... Le docteur pourrait déjà être là...

MARTIN.

Le chemin est long de la gare ici. Mais il me semble que voilà une voiture...

ELIANE (*sursaute*).

Mon Dieu!... (*elle tend l'oreille*) C'est lui. Qui donc pourrait venir nous voir à pareille heure! Martin, va recevoir M. le docteur. Sa chambre est-elle prête?

MARTIN.

J'ai allumé les lampes, Madame, et le feu brûle.

ELIANE.

Va vite, va vite....

(*Martin sort.*)

SCÈNE II.

(Eliane — puis le docteur Eckart).

ELIANE (*comprimant de ses deux mains sa poitrine*).

J'espérais avoir oublié!... Je croyais ce passé mort à mon souvenir. Hélas! où est-il le baume qui pourrait effacer les rides que la souffrance nous met au cœur, aussi profondes, aussi implacables que celles que l'âge

nous grave au front... C'est son pas... c'est sa voix...
du calme, mon Dieu, du calme!... (*elle se rasseoit,
ouvre un livre et fait mine d'y lire, tandis que son œil se
perd au delà*).

ECKART (*ouvre la porte et s'arrête sur le seuil*).

Vous m'avez appelé, Madame...

ELIANE (*se retourne et se dirige lentement à son encontre*).

Soyez le bienvenu, cher docteur, merci d'avoir
répondu au désir de mon mari...

ECKART.
(*laisse tomber la main qu'elle lui tend et s'incline
profondément*).

Le désir de votre mari ? Mais, votre désir !... votre
ordre, devrais-je dire... Ah ! Eliane, pourquoi cela ?...

ELIANE (*feignant de ne pas entendre*).

Vous me trouvez encore seule ; mon mari est sorti
à cheval. Dans son état de surexcitation nerveuse il a
besoin d'air et de mouvement. Mais asseyez-vous donc,
je vous prie. Accepterez-vous une tasse de thé ?

ECKART.

Merci ; je ne prendrai rien. Je ne veux m'arrêter que le temps de voir Ludovic et de me rendre compte de son état.

ELIANE.

Vous ne coucherez pas ici ? Mon mari ne vous laissera pas repartir si vite. Vous êtes toute son espérance !...

ECKART.

(l'enveloppe d'un long et triste regard, puis se retourne et s'assied).

Eliane, n'était-il pas possible de m'épargner ce revoir ? Quand je reçus l'autre jour la lettre de Ludovic qui me conjurait de lui porter secours dans sa détresse, je pris la ferme résolution de n'en rien faire. Mais votre lettre arriva ensuite... votre ultimatum ;... Aurais-je dû résister encore ? Je n'ai pas pu... et me voici, et rien n'a changé, je le sens bien ; et vous-même vous n'attendez que le moment où je vous débarrasserai de ma présence...

ELIANE (*sérieuse et calme*).

Edouard, laissez dormir le passé. Il est à jamais enseveli. Je ne vois plus en vous qu'un fidèle ami de mon mari; le seul qui lui reste encore, celui sur qui il a placé ses dernières espérances. Vous sentez-vous le cœur de vous dérober et de tromper sa confiance ?

ECKART.

Sa confiance ! Ne l'ai-je pas déjà cruellement trompée une fois ? Certes, cela mériterait une expiation. Pouvez-vous dire en bonne conscience que je n'ai pas encore assez expié ?

ELIANE.

Deux ans, mon ami, sont longs quand on compte les jours. J'en ai fait la dure expérience. Mais j'ai gagné sur moi de penser à vous sans colère, et sans honte à votre égarement...

ECKART.

Vous avez espéré peut-être que l'expiation allait produire une amélioration ?... Et s'il n'en était pas ainsi, Eliane ?... Si ce malheureux que vous avez à jamais banni de votre présence parce que dans un moment d'impardonnable égarement il s'était oublié jusqu'à révéler à la femme de son ami...

ELIANE *(se lève).*

Taisez-vous, Edouard. Je vous défends d'évoquer de nouveau le souvenir de cette heure fatale.

ECKART.

Oh! il n'a pas besoin d'évocation, ce souvenir-là! Il vient sans qu'on l'appelle... et voilà bien deux ans que je n'ai jamais pu me débarrasser de son obsession! Et maintenant, là... en vous revoyant...

ELIANE *(avec force).*

Edouard, je vous en conjure, si vous ne voulez pas me faire repentir d'avoir cru à la noblesse de votre cœur, et à votre amitié pour mon époux, ne parlons plus de ce qui est passé. Cela est oublié ; il faut que cela soit oublié. Aujourd'hui vous venez pour voir Ludovic. Il vous a écrit quelles souffrances il endure. Il me l'a longtemps caché, et n'est arrivé par là qu'à exaspérer ses souffrances. Vous êtes son ami d'enfance ; vous le connaissez de longue date. Dites-moi donc, docteur, quel est ce mal secret, qui tout en lui conservant les apparences de la santé, lui rend la vie insupportable ? Est-ce autre chose qu'une idée fixe, une hallucination ? Je sais que son père était hypocondre, et que dans un accès de mélancolie noire il a abrégé ses tourments... Ludovic aussi, quand je devins sa femme, il y a près de cinq ans, avait des heures sombres, désespérées... *(pâle, sans lever les yeux).* Vous ne savez peut-être pas, vous, que c'est justement à cause de cela que je n'eus pas le courage de lui refuser ma main. Il me conjurait en termes si émus, si pressants, si désespérés de devenir son bon ange, de le ramener à la lumière, à la gaîté, au bonheur... Hélas, vous avez souvent été témoin combien peu j'y réussissais !... *(Elle essuie une larme).*

ECKART.

Eh ! Madame, n'était-ce point là mon excuse ? Ne comprenez-vous pas ce qu'il y avait de déchirant pour moi de vous voir, vous, souffrir de ses folies et de ses fureurs, vous à qui j'aurais donné pour un sourire tout le sang de mon cœur, toute ma vie ?...

ELIANE.

Taisez-vous, je vous prie ; que m'avez-vous promis ? Vous êtes médecin, et mieux que personne vous devez savoir combien peu nous pouvons triompher des puissances occultes de notre sang. Mon devoir était de lui rester fidèle et de lui porter secours. Je l'ai fait. Aujourd'hui mes forces sont à bout. Je vous appelle à l'aide. Nous ne serons pas trop de deux pour cette lutte contre un implacable destin. Ne me refusez pas votre secours, Edouard ; pour vous aussi ce sera une puissante consolation. Quand par votre fidèle appui, par vos conseils vous l'aurez fait triompher de sa maladie, vous verrez quelle paix vous remplira le cœur et quel baume adoucira vos blessures. Et alors, nous pourrons reprendre notre vie à trois, comme jadis...

ECKART *(avec amertume).*

Vous croyez, Eliane ? La perspective est douce, en vérité... par malheur, même si je croyais à l'idylle, je ne pourrais accepter d'y jouer un rôle. Je suis engagé ailleurs.

ELIANE.

(le regarde d'un air interrogateur).

ECKART.

Oui, je pars pour les mers polaires. J'ai signé un engagement. Je dois y accompagner une expédition.

J'espère que là-bas, au milieu des glaces éternelles, je parviendrai à me débarrasser de cette fièvre qui jusqu'à ce jour a défié toute quinine et tout sympathique. .

ELIANE.

Mon Dieu ! Edouard, vous voudriez... affronter de pareils dangers !... Combien n'en sont pas revenus !... Non, non, vous n'irez pas. Je vous le défends... Je serais hantée par la pensée... Mais chut !... J'entends le galop d'un cheval. Promettez-moi, Edouard...

ECKART.

Tout ce qui est en mon pouvoir, Madame.

ELIANE.

Promettez-moi qu'après avoir vu Ludovic vous ne partirez pas sans me parler. J'y tiens absolument, et s'il est vrai que mon bonheur et mon repos vous tiennent à cœur...

ECKART.

Je vous le promets, Eliane...

SCÈNE III.

Les Précédents. — Entre Hochstetten en tenue de cheval.

LUDOVIC.

C'est lui ? C'est vraiment lui ? (*Il jette son fouet et son chapeau sur un fauteuil*). Sur mon cœur, mon fidèle Eckart ! (*Il l'embrasse*). Tiens, de te voir là !... Quel bien cela me fait !... Tu me ressuscites ! Qu'en dis-tu, Eliane ? L'amitié n'est pourtant pas un vain mot ! Martin ! Martin !

ELIANE.

Que veux-tu ?

LUDOVIC.

Du vin, du vin. Ma gorge est desséchée comme mon âme. Nous allons trinquer un peu tous les deux, qu'en dis-tu, mon vieux ? Martin !! où perche donc le butor ?

ELIANE.

Il doit être dans la chambre d'Eckart. Je vais aller voir.

2

LUDOVIC.

Non, reste. Nous avons le temps (*Il la prend par la main et la conduit à Eckart*). Regarde cette femme, Edouard... ce visage si pâle... cette tête si fine... N'y vois-tu rien ?

ECKART.

Que veux-tu dire ?

ELIANE.

Je t'en prie, Ludovic...

LUDOVIC.

Non, tu n'y verras rien; il n'y a rien. Ce n'est aussi qu'un pieux mensonge, les auréoles qu'on met au front des martyres et des saintes... Car si jamais femme a mérité d'en porter une, la voici, mon ami, je m'en porte garant.

ELIANE (*avec un sourire contraint et fatigué*).

Vous voyez, Edouard, comme il est urgent que vous le preniez en traitement ! Grand fou, va !...

LUDOVIC.

Non, non, ma chère sainte, il sait bien que je suis de sang-froid, et que j'y vois clair quand je te proclame

la plus admirable des femmes qui soient sous le soleil.
Tu n'as commis qu'une faute, qu'une légèreté dans ta
vie : celle de m'épouser.

ELIANE (*souriant*).

Crois-tu, Ludovic !

LUDOVIC.

Oui, je le crois. Tu as confondu la voix de la pitié
avec celle du cœur. Et en vérité tu as chèrement
expié cette méprise. Douceur angélique, courageuse et
vaillante affection pendant ces cinq années, comment
ai-je récompensé tout cela ? En te rendant la vie amère
par mes sombres lubies, par mes accès de jalousie...
Croirais-tu, Eckart, que j'ai été jusqu'à lui faire des
scènes, jusqu'à lui demander compte de ses sourires,
jusqu'à la faire espionner !... Et elle, pauvre ange....

ELIANE.

Ludovic, je t'en prie, laisse-moi appeler Martin.
Cette course effrénée t'a mis hors de toi.

LUDOVIC.

Non, non, ne t'en va pas ; écoute-moi d'abord jusqu'au bout. Là, maintenant devant ce vieil ami je veux

tout dire, tout confesser. Il faut que tu m'absolves ce soir. Je veux me soulager le cœur de ce remords cuisant qui me le ronge, comme un vautour de Prométhée ; je veux que tu me pardonnes tout ton bonheur perdu, toute ta vie brisée ; je veux me jeter à tes pieds et te crier merci !... Pitié, Eliane, Dieu ne repousse pas le pécheur qui vient à repentance. Ne me refuse pas ton pardon. Crois-moi, je l'ai bien mérité. Car si tu as beaucoup enduré, sache bien que de te voir souffrir je souffrais plus cruellement encore que toi, pauvre ange de patience !... (*Il met un genou en terre devant elle et se couvre le visage de ses mains*).

ELIANE.

Au nom du ciel, Ludovic, à quoi penses-tu ! Dans quel état tu es ! Eh, que va croire notre ami !... Lève-toi, je t'en supplie... (*Il se relève péniblement*). Ne savais-je pas que tu étais quelquefois sujet à des accès de mélancolie, dont tout le premier tu souffrais amèrement ? Je te jure que j'aurais...

LUDOVIC

(*laisse aller les mains d'Eliane et s'éponge le front*).

Oui, tu le dis —, il fallait bien que je ne fusse plus

moi-même pour te faire souffrir, toi, mon adorée,
source unique de tout le bonheur que j'ai eu en ce
monde. Est-ce bien vrai ? tu ne m'en veux pas ? Dis-le
encore, dis-le devant ce vieil ami; dis que tu m'as
pardonné !...

ELIANE.

Veux-tu bien finir, maintenant ! (*A Eckart avec un
sourire forcé*). Vous pourriez croire, Edouard, que nous
avons été les plus malheureux des époux !

ECKART.

Je ne crois rien, Madame, sinon qu'il a le droit de
vous vénérer comme une sainte...

LUDOVIC.

Bien dit, Edouard, et mieux pensé !... Et ! si tu la
connaissais comme moi !... Mais silence, en voilà assez
sur ce sujet. Et maintenant rions un peu et jouissons
de la vie. N'ai-je pas là mon sauveur qui va me délivrer de toutes les tyrannies du corps et de l'âme ? Tu
verras cette transformation ! Désormais, plus un mau-
vais moment, plus un pardon à demander (*fronçant
le sourcil*). Tu souris, incrédule ?

ELIANE.

Je ris de tant de mots inutiles... Adieu, je vais vous envoyer de quoi vous rafraîchir ; à tout à l'heure (*Elle se dirige vers la porte*).

LUDOVIC (*la suit tendrement du regard*).

Eliane !...

ELIANE.

Que veux-tu encore ?

LUDOVIC (*allant à elle*).

Ce bon vieux camarade-là... il ne nous en voudra pas si deux vieux époux s'embrassent devant lui... Ma fidèle compagne... ma femme adorée... Adieu... (*Il l'embrasse avec passion*).

ELIANE.

Qu'as-tu donc, Ludovic.... tu es étrange ce soir.... Ne bois pas de vin, je t'en prie ; je vais commander du thé.

LUDOVIC.

Non pas ! *In vino veritas* ! Nous allons trinquer ensemble, boire à notre vieille amitié et laisser parler le cœur. Adieu, mon bonheur, ma vie... adieu (*Il l'enve-loppe d'un regard passionné, puis abandonne ses mains*). Va... va ! (*Elle sort ; il la suit longtemps du regard, immobile, les yeux perdus, comme en rêve*).

SCENE IV.

Hochstetten. Eckart.

LUDOVIC *A mi-voix, comme se parlant à lui-même*).

Disparue... envolée... ma seule étoile... Oh ! Dieu, la nuit éternelle est pourtant effroyable....

ECKART.

Voudrais-tu m'expliquer maintenant...

LUDOVIC.

Ah ! pardon, Edouard, je t'oubliais, j'étais absent ; mon cœur suivait ses pas... Qu'il est dur de se quitter !

ECKART.

Même pour une demi-heure ?...

LUDOVIC.

Une demi-heure ?... Mais tu as raison ; une fois endormi, on ne se rend plus compte de la fuite du

temps... Allons, assieds-toi là et causons. Nous
t'hébergeons cette nuit, n'est-ce-pas ?

ECKART (*s'assied*).

Merci. — Je regrette de ne pouvoir accepter ton
hospitalité, mais il me faudra repartir ce soir. J'ai
affaire demain de grand matin, et je n'aime pas à
troubler le sommeil de mes hôtes.

LUDOVIC.

Demain... de grand matin... Oh ! mon sommeil, tu
ne le troubleras pas. Et quant à Eliane... Mais qu'il
en soit comme tu voudras, Eckart, tout à fait comme
tu voudras. Je te suis dans tous les cas infiniment
reconnaissant de ta visite (*Martin apporte le vin*). Et
voici le vin. Pose-le ici, Martin, je servirai moi-même
(*Il verse à boire*). Allons, à la tienne, Édouard !

ECKART (*trinque*).

A ta santé, mon cher !

LUDOVIC.

A ma santé ! Oh ! oh ! le souhait est téméraire !
Mais pardon, j'oubliais que tu es venu pour me guérir,
pauvre incurable ! (*Il vide son verre*).

ECKART.

Incurable !.... toujours tes vieilles lubies !

LUDOVIC (*se jette sur un divan*).

Édouard, épargne-moi tes railleries, et écoute plutôt
ce que je vais te dire, Ce sera sérieux. Tu sais pourquoi je t'ai appelé ici. Ce n'est certes pas pour que tu
viennes, contre ta science et ta conscience, me donner
de fausses espérances ou de banales consolations...
puis que, le dos tourné, tu me prennes en pitié : —
Pauvre garçon !... irrémédiablement perdu... Et ne le
croit pas !... Ne veut pas s'en rendre compte ! — Non,
Edouard, tu as une plus haute idée le moi, ou tu me
connais mal. La cognée de mort qui frappe à mes
racines n'a pas entamé la moelle... Je suis un homme
encore, et je ne veux pas mendier un sursis à mon arrêt
de mort. Laisse ma destinée s'accomplir ; maintenant,
le plus dur est fait ; j'ai pris congé de mon Eliane...

ECKART (*se lève*).

Ami, tu es pessimiste, sur mon âme ! Allons, causons un peu plus froidement ; tu es surexcité ; calme-
toi (*Il lui met la main sur l'épaule*).

LUDOVIC.

Veux-tu tâter mon pouls ? On ne 'saurait être plus
calme. Mais je sais ce que j'éprouve et ce que je vois...
Je vois planer obstinément au-dessus de ma tête ce
lugubre oiseau noir qui était autrefois un présage de
mort. Crois-moi, je commence à recueillir l'héritage
de mes pères... (*Eckart songe — Ludovic le suit des yeux
— Silence prolongé*).

LUDOVIC.

Viens, assieds-toi là, parlons bas et faisons vite. Toi
aussi, tu as cru, n'est-ce pas, que le bonheur de possé-
der une femme comme la mienne aurait raison de ma
maladie ? Edouard, j'ai fait ce rêve... Il était beau, mais
il était criminel. J'ai été coupable d'enchaîner sa vie à
la mienne. Et pourtant, je me disais que, dans le sillon
d'un tel ange, les furies n'oseraient me poursuivre. Ne
durent-elles pas abandonner le parricide Oreste, dans le
parvis sacré du temple ? Et moi, quel crime ai-je commis ? Est-ce d'avoir eu pour père et pour aïeul deux
hommes purs, intègres, qu'une puissance aveugle,
implacable dans ses lois d'hérédité, a frappés du sceau
maudit de la folie ? Moi-même, tu m'en es témoin,

Édouard, pour un homme qui avait du sang dans les veines et de l'or dans sa bourse, j'ai laissé peu de laine aux buissons. J'ai renoncé aux plaisirs de mon âge pour ne pas dissiper mes forces ; j'ai mené une vie de jeunesse exemplaire, pour tâcher d'arracher sa proie au destin... Et j'avais rêvé d'un avenir heureux... la santé... le bonheur... Me voilà maintenant frappé dans mes jeunes années — frappé à mort. Ah! je voudrais savoir comment ceux qui croient à un Dieu juste et bon m'expliqueront ceci : L'Hérédité de la douleur — c'est-à-dire le châtiment de l'innocent : l'Enfant!... (*Il se lève, remplit son verre et le vide d'un trait*).

ECKART.

L'Hérédité! Quel abus on fait aujourd'hui de ce mot! Il y aurait vraiment lieu de s'étonner que l'humanité ait jamais pu faire un pas en avant, puisque d'avance nous sommes condamnés à penser comme nos pères, à souffrir ce qu'ils ont souffert, à transmettre après nous les germes de tous nos maux, qui étaient déjà les leurs, et cela avec une précision mathématique, fatale, inéluctable. . Tu vois bien que tu déraisonnes, mon pauvre Ludovic ; du reste, tu as toujours eu l'esprit hanté d'idées bizarres, dès ton enfance, et de même qu'il y a des hommes que la peur de mourir tue, ainsi la peur de la folie peut faire perdre la raison !... Mais avant de discuter sur ton état, raconte-moi bien en détail...

LUDOVIC.

L'histoire de ma maladie ? Laisse-moi t'épargner ce récit. Et quant à ton diagnostic, tu peux avoir la conscience tranquille. J'ai consulté nos meilleurs spécialistes, je leur ai fait donner leur parole de me dire la vérité, et tous m'ont donné du courage en me disant... de ne pas désespérer... que Dieu pouvait faire un miracle... que j'avais peut-être encore longtemps à vivre... et ainsi de suite. Là-dessus, je me suis hâté de faire mon testament. Ai-je eu tort ?

ECKART.

A qui t'es-tu adressé ? Que leur as-tu dit ?

LUDOVIC *(vivement)*.

Je te le répète, c'étaient de braves gens, à qui tu confierais volontiers ta tête si elle menaçait de sortir de l'ornière — et des gens clairvoyants, qui ont fort bien vu qu'ils ne m'apprendraient rien que je ne susse déjà. Car note bien que je suis devenu, moi aussi, une manière de spécialiste en la matière ; c'est chez mon pauvre père que je me suis initié, et chez moi, aujourd'hui, les hallucinations se sont déjà prodigieusement développées. Elles en sont à peu près à la troisième période — j'en pourrais faire un traité... Mais tu ne bois pas, ami ? (*Il verse*).

ECKART.

La troisième période ?...

LUDOVIC (*vide son verre*).

Oui, à peu près la troisième. C'est celle où l'on a les apparitions... (*Il lui saisit le bras, son regard prend une lueur étrange et terrible*). Les nuits, toutes les nuits, j'entends des voix étranges, discordantes, des cris, des lamentations dont le cœur me défaille... et quand je m'éveille, mouillé de sueurs froides, je vois des fantômes menaçants qui m'entourent, et qui se penchent sur moi ;... dans toute la chambre, muets et terribles, ils vont, viennent, s'agitent dans l'air immobile que leur sabbat ne trouble pas. Ils s'approchent, ils me frôlent, ils s'écroulent sur moi ;... oh Dieu ! je les sens qui m'enlacent de leurs mains glaciales de mort... Je

veux crier,... je ne puis pas ;... j'essaie de me battre
contre eux, je me précipite... et j'étreins le vide...
Oh ! l'horrible sensation de cet impalpable... Alors,
mon sang se fige dans mes veines, mes cheveux se
dressent sur ma tête, je me sens pris d'une rage insen-
sée, écumante... Des appétits féroces, inhumains, une
soif de sang — me dévorent ;... et dans la fureur de
mon impuissance, je ne puis m'assouvir qu'en enfon-
çant mes dents dans ma propre chair... Tiens, regarde...
(*Il lui tend sa main gauche, où se voient plusieurs cica-
trices*).

ECKART (*à part*).

Mon Dieu ! C'est à ce point... je n'aurais pas cru
que le mal fît de si rapides progrès ! — Pauvre ami !..

LUDOVIC.

Eliane ne se doute de rien... elle croit que je me suis
blessé par accident ! J'ai encore assez d'empire sur moi-
même pour dissimuler mes souffrances, au moins devant elle. C'est là-bas, vois-tu, là-bas au fond qu'est
mon empire. Ma chambre est fermée par deux portes
que Martin verrouille tous les soirs en sortant. Ces
portes sont rembourrées, de sorte qu'aucun bruit

ne parvienne au dehors quand mes esprits me bous-
culent un peu... Car, vois-tu, je ne m'endors jamais
sans l'angoisse de m'éveiller en sursaut, et de bondir
hors de mon lit comme un forcené ; malheur alors,
oh ! malheur à qui me tomberait entre les griffes. —
Oh ! cette faim de chair palpitante, cette soif de sang,
là, au fond de ma gorge... Crois-tu qu'il en faille beaucoup pour devenir fou furieux à ce jeu-là ?... Mon
Dieu !... (*Il tombe sur un fauteuil la tête dans les mains*).

ECKART.
(*s'approche de lui et lui met la main sur l'épaule*).

Mon pauvre ami... si tu savais comme je te plains.
Mais calme-toi, je t'en supplie. — Le mal n'est pas
sans remède... Tu es jeune, tu as de l'énergie...

LUDOVIC.
(*lève les yeux, attache un long regard sur lui et lui tend la main*)

Oui, ami, j'en ai, grâce à Dieu, j'en ai encore. Et
avant que j'aie achevé de la perdre, elle me servira à
finir comme un homme, sans attendre qu'on soit
obligé de me tuer comme un chien. Mais pour cela,
j'ai besoin de toi, Edouard. Puis-je compter sur ton
amitié ?

ECKART.

Sur mon amitié?...

LUDOVIC.

Oui, sur ton amitié. Rappelle-toi ce que tu m'as promis jadis. C'était un dimanche d'octobre; il y a près de dix ans. Pour la première fois je venais de te révéler ma vie intérieure, de te dire toutes les tortures de mon âme. Tu me compris et tu fus sympathique. Et lorsque j'ajoutai : « Edouard, si jamais je succombe, si je ne puis échapper à la malédiction de mes pères et que je sois trop faible ou trop lâche pour enfoncer cette porte qui doit donner à mon âme la nuit éternelle et le repos, Edouard, m'aideras-tu ? Compte sur moi, m'as-tu répondu; et je sens aujourd'hui encore la pression dont ta main accompagna ces mots : « Je sais qu'à son ami on est redevable de ce service, le dernier de tous et le plus cruel. Je l'accomplirai ». — Edouard, en auras-tu le courage, ou n'es-tu plus mon ami ?

ECKART (*après un silence*).

Ludovic... que veux-tu dire?... Je ne sais si je te comprends bien... Réfléchis, je t'en prie... Quand je te promis cela, je n'y attachais aucune importance... nous étions jeunes, très jeunes tous les deux et puis... il n'y avait alors que l'ami, et c'était l'ami qui parlait... Mais le médecin, Ludovic, le médecin qui a pris l'engagement solennel, irrévocable, de ne jamais porter atteinte à la vie de ses malades... de la prolonger au contraire toujours, quand il le peut...

LUDOVIC.

Même quand prolonger la vie n'a d'autre sens que prolonger les tortures ? Ah ! tu pensais autrement jadis, et c'était ton cœur qui parlait. On était moins raisonnable et plus humain !...

ECKART.

Il y a dix ans, Ludovic, je n'étais pas médecin : je n'avais pas encore prêté ce serment, qui, je puis bien l'avouer, m'a souvent obligé de lutter contre ma pitié naturelle... Et cependant, considère la chose avec impartialité : Voudrais-tu autoriser le médecin à donner le coup de grâce à tous ceux qu'il estime perdus? Mais il n'est pas infaillible !

LUDOVIC.

D'accord. Ici encore nous avons un cas où l'Individu est tenu de sacrifier sa personnalité aux règles absurdes

de la morale courante. Pour ma part, plutôt que de me
soumettre à cette nécessité de blinder tout ce qu'il y
a d'humain dans ma nature, et de compatissant, j'eusse
aimé mieux cent fois ne jamais être médecin !... Mais
enfin, t'ai-je appelé comme médecin ou comme ami ?
T'ai-je fait ausculter mon corps ou mon âme ? Il y a
longtemps, mon pauvre ami, que je sais le mal dont je
souffre, et où il me mènera, et tes confrères n'ont fait
que mettre du sable sur le papier ! Allons, Edouard,
pas de faux-fuyants misérables. Veux-tu venir en aide,
ami, à ton ami, homme à ton frère oppressé ? Veux-
tu m'ouvrir ma prison avant que je me brise la tête
contre ses murs ? Veux-tu, oui ou non ?

ECKART (*après un silence — sombre*).

Mais.... si ta décision est irrévocable, qu'as-tu besoin
d'aide ?

LUDOVIC.

C'est juste : il faut que je m'explique. Entre nous
(*d'une voix sourde, presque éteinte*) j'ai déjà essayé quelquefois, je n'ai jamais réussi.... La main me tremble.
(*à Martin qui entre*) Que veux-tu Martin ? Qu'as-tu à
faire ici ?

MARTIN.

Je voulais voir si le feu....

LUDOVIC.

Va-t'en! Il fait assez chaud ici. Je n'ai pas besoin de toi (*d une voix tonnante*). Va-t'en, te dis-je! (*Martin sort précipitamment*).

ECKART.

Au nom du ciel, Ludovic (*il le fait asseoir sur le sopha*). Ne bois plus... Ne jette pas d'huile sur le feu...

LUDOVIC.

Tu crois que je bois pour me donner du cœur ? Oh! ce n'est pas le courage qui me manque. C'est le sang froid et l'adresse. Chaque jour je monte ce cheval d'enfer avec l'espoir qu'il me fendra la crâne à quelque pierre... A la guerre, tu m'as vu de près; sans me vanter, je crois n'avoir pas volé ma croix. Mais là, vois-tu, dans cette chambre muette, seul avec ce silence de mort qui m'épouvante, je ne puis pas, c'est plus fort que moi. Chaque fois que j'étends la main vers mon revolver... je vois se dresser devant moi le spectre de mon pauvre père, qui par deux fois s'est manqué, et qui, à la troisième.... Oh ! je n'oublierai jamais dans quelles horribles tortures il se tordait, jusqu'à ce que son cœur eût cessé de battre. C'est là, Edouard, ce qui me paralyse la main, ce qui me fait trembler. Ah ! si nous avions encore des esclaves, comme dans la Rome antique, il y a longtemps que ce serait fait. Une épée à tenir, et s'y jeter dessus, et puis, s'il y a lieu, le coup de grâce.... et ce serait tout. Le fidèle Martin aurait vite fait de me délivrer. Mais nous nous sommes apprivoisés. Nous sommes devenus très doux, très humains. Nos échafauds eux-mêmes ont pris quelque chose de convenable, de décent... Et voilà, comment la pensée m'est venue de faire la chose tout à fait bien, là, en famille... On s'assied avec un vieil ami, et l'on devise, comme nous faisons... On va chercher son adieu dans le fond d'un bon verre, on revit un moment les belles heures de sa vie, et puis, tout doucement on prend son arme, et l'ami, qui a étudié l'anatomie, vous conduit la main là, juste au siège de la vie... Encore un dernier adieu... et grand merci... Soi-même alors on peut se charger de presser la détente... Oh ! l'ivresse de la délivrance... (*Il bondit de sa chaise et arpente fiévreusement la pièce*); oui... oui... c'est bien ainsi... Oh !

la volupté de ne plus souffrir... l'immense repos éternel du non-être... (*Il s'arrête brusquement devant Eckart*). Qu'as-tu à redire à ce projet?

ECKART (*atterré, après un silence*).

Tu ne sais pas... ce que tu veux...

LUDOVIC.

Je le sais, Edouard. Et voilà pourquoi c'est à toi seul que je le puis demander. Car je sais aussi que tu agis selon ce que tu reconnais juste. Or, nous avons toujours été d'accord sur ce point, que l'homme est le maître de sa fragile existence; que chacun de nous a une mort en compte avec la nature, et qu'il nous est loisible d'acquitter notre dette quand elle nous devient trop lourde — à la condition toutefois que d'autres obligations ne viennent pas nous en empêcher. — Quant à ceci, je suis libre, tu le sais. Je n'ai pas d'enfants que ma mort ferait orphelins. Le ciel m'a fait cette grâce de ne pas procréer encore une génération à qui transmettre le maudit héritage de mes pères. Et la pauvre Eliane... n'est-ce pas un dernier gage d'amour que je lui donnerai, de lui restituer une vie empoisonnée

trop longtemps par mon inconscient égoïsme? Dès
lors, qu'attendons-nous?

ECKART.

Je t'en prie, Ludovic... c'est effroyable...

LUDOVIC.

Tu dis vrai, mon vieux, ce n'est pas une farce!
Nous nous sommes déjà rendu des services moins
funèbres que celui-ci. Mais, après tout, quand tu te
prépares pour une opération, tu n'as pas le cœur à
l'aise non plus. Seulement, tu fais ton devoir. Eh bien,
tu le fais aussi dans le cas présent, et de plus, — voilà
qui doit te rassurer et te donner du courage, — tu es
sans crainte sur le succès de ton opération. Seras-tu
pas heureux, plus tard, de te dire en pensant à moi:
Pauvre garçon, comme je lui ai mis le pied à l'étrier!
Sans moi, le malheureux aurait encore une vie d'homme à souffrir — et de quelles souffrances!... Que l'opération est simple! Une pression du doigt, et le tour
est joué!

ECKART.

Non, Ludovic; ce que tu me demandes est au-dessus
de mes forces... Laisse-moi réfléchir, chercher un
moyen...

LUDOVIC (*violemment*).

Réfléchir ! Réfléchis donc, mon ami, réfléchis ! Un grand homme a dit : « Qui réfléchit, cherche des motifs de ne pas vouloir. » Va donc, noble ami, cherche des motifs, je parie que tu en trouveras... Mais pardonne-moi d'avoir mieux auguré de toi !

ECKART.

Ludovic !...

LUDOVIC.

Oui, oui, tu as raison. Ce que je te demande là est au-dessus de tes forces. Tu es un être très sensible. Tu ne peux pas voir haleter un papillon qui s'est brûlé les ailes sans abréger son agonie, un chien malade sans lui donner le coup de grâce... Mais s'agit-il de ton ami qui t'implore, qui te conjure de l'aider... Oh ! alors, tu te gardes bien de l'approcher de trop près, et d'abréger d'une seconde son effroyable supplice... Encore une fois pardonne-moi : je t'avais tenu en plus haute estime que ceux dont toute l'ambition est de verser encore quelques gouttes d'huile dans la lampe de vie d'un pauvre mortel qui s'éteint... On se trompe, je vois, sur le compte de ses meilleurs amis. Mais, dès

qu'il en est ainsi, je n'ai plus rien à te dire. Adieu.
Porte-toi toujours bien; sans rancune, n'est-ce pas ?

(Il fait mine de sortir à droite).

ECKART.

Ludovic, écoute... tu me tortures...

LUDOVIC *(se retournant violemment).*

En vérité ? Eh ! par Dieu, on ne m'a pas toujours
très doucement traité, moi ! Mais, au fond, que m'importe ! Si ce n'était pas pour ce pauvre ange que je
traîne après moi...

ECKART *(sombre et pensif).*

Eliane...

LUDOVIC.

Et qui sait ce qui peut arriver... Que le désespoir
me prenne un jour à la nuque, que dans un accès de
furie je fasse sauter les portes et les gonds, je bondisse
sur ma pauvre femme, je l'arrache de son lit, je lui
enfonce dans la gorge ces ongles de tigre...

ECKART.

Tais-toi, malheureux... tu me rends fou... Je reste...
Je ferai tout...

LUDOVIC (*pousse un cri de joie*).

Edouard, tu acceptes ? (*Il se précipite sur lui et l'étreint avec frénésie*) Oh ! Merci..., merci. Je savais bien que je pouvais compter sur toi. Merci, mon fidèle ami ! Et maintenant, plus de visages sombres. Viens (*il l'entraîne à la table*). Nous n'avons plus qu'un verre, mais qu'importe ! De vieux amis comme nous ne font pas de façons. Vive la mort, mon cher, la plus ancienne amie de l'homme, la plus sûre et la plus calomniée ! *Moriturus te salutat !* Bois (*Eckart, livide, boit avec dégoût*). A moi maintenant la rasade ! (*Il boit*) Et le verre, au diable ! (*Il jette le verre qui se brise dans la cheminée*). Voilà qui est bien, très bien (*il le prend par le bras et arpente la chambre avec lui, parlant fiévreusement*). La vie, vois-tu, la vie est belle, mais elle est perfide. On l'aime passionnément, jusqu'au jour où elle vous trahit. Pour ma part, je n'ai pas joui longtemps de ses faveurs. J'ai toujours manqué des dons nécessaires pour enchaîner cette infidèle. Peu m'importe. J'ai eu, malgré tout, ma part d'amour et de bonheur. Aujourd'hui, mes illusions et mes espérances ont fait banqueroute, et je ne vaux plus rien en joyeuse société. C'est le moment de s'esquiver sans bruit. Tu

salueras notre aimable hôtesse, et tu m'excuseras auprès
d'elle. Un coup de sang m'a enlevé subitement. Un
coup de sang, entends-tu ? Tu peux bien le dire sans
mentir. Et puis, tu l'aideras, la pauvre femme, à sur-
monter la première émotion. Après, j'espère qu'elle
trouvera un bonheur plus complet que celui que j'ai
pu lui donner ! Je te la recommande, Edouard, et je
compte sur toi (*il lui serre la main*). Bien ; et maintenant, j'ai encore une lettre à écrire. Dans un quart
d'heure ma malle sera faite, et je t'attends.

ECKART.

Maintenant.... tout de suite ?....

LUDOVIC.

Pourquoi tarder ? Le temps n'est pas très engageant
pour se mettre en voyage, mais dès que ce n'est pas
une partie de plaisir.... Martin !

ECKART (*en proie à une émotion croissante*).

Ecoute, Ludovic, je....

LUDOVIC.

Martin ! (*Martin paraît*). Eclaire chez moi, et mets
de l'eau froide (*Martin sort*). Non, non, pas de retard

ni d'hésitation. Je te ferai appeler quand je serai prêt.
A tantôt. — (*Il veut sortir, et s'arrête brusquement*).
Tiens, là-bas... regarde... ne vois-tu rien ?

ECKART.

Où ? Quoi ?

LUDOVIC

(*revient à lui, l'œil hagard, et lui saisit violemment le bras*).

Là derrière... contre la porte... dans cette traînée
de lumière qui vient de la rue... ce spectre...

ECKART.

Je ne vois rien, Ludovic... il n'y a rien... tes sens
t'abusent...

LUDOVIC.

Oh ! je ne suis pas ivre... je le connais, celui-là...
aussi je ne le crains plus... c'est mon bon père... il est
souvent inquiet de son fils... il n'en dort pas de m'avoir
fait un pareil legs. Vois-tu !... il s'échappe... il fait
signe de la tête... comme pour m'inviter à le suivre...
Oui, pauvre âme, tu auras du repos... Je viens, mon
père, je viens !...

(*Il sort en courant*).

SCÈNE V.

(Eckart — puis Eliane).

ECKART (*seul*).

Que faire, mon Dieu!... Pauvre, pauvre ami....
le mal est pire que je ne le croyais... c'est fini, c'est
bien fini... Et pourtant aller à lui, maintenant, comme
l'opérateur au patient... en vérité ce n'est pas être
lâche que de demander un instant de recueillement.
S'il se décidait à me suivre au pôle nord, peut-être ses
fantômes trouveraient-ils les glaces éternelles un peu
froides !..., Mais non, ils sont endurcis, les siens
comme les miens ! Pourquoi suis-je venu, mon Dieu !
J'avais un pressentiment ; mais la soif de la revoir !...
Oh! Elle ! Elle ! si elle pouvait se douter pourquoi elle
m'a fait venir ! Et elle l'aime pourtant cette adorable
femme, malgré tout ce qu'il lui a fait souffrir — peut-
être en raison de cela, si elle apprend jamais quel
rôle j'ai joué dans ce dénouement — et quel secret
n'est pas découvert une fois ! — elle me haïra, non,
elle me méprisera puisque je ne suis qu'un indifférent
pour elle. Elle croira peut-être que j'aurais pu le sauver,

et que, faux ami, dans l'espoir de la voir libre, encouragé
par mes fonctions, qui me permettent d'assassiner légale-
ment.... Juste ciel ! plutôt mourir que me dégrader à
ses yeux.... Ah ! non, l'amour du prochain a aussi ses
limites. La première charité commence par soi même,
qu'il en cherche un autre ! Pour un peu d'or il trouvera
bien quelqu'un qui veuille lui faire une croix où bat le
cœur ! — seulement, quel prétexte fournir pour le faire
attendre jusqu'à demain (*il tire un carnet et le feuillette*)
Je pourrais dire....

ELIANE (*entre*).

Je vous dérange peut-être... Vous écrivez une or-
donnance pour Ludovic ?

ECKART (*troublé*).

Non, Madame, non... je prenais seulement... quelques notes.

ELIANE.

Que vous a-t-il dit ? Comment le trouvez-vous ?

ECKART (*parlant avec peine*).

Hélas ! Madame, gravement atteint, beaucoup plus
gravement que je ne le supposais...

ELIANE (*tombe sur un fauteuil*).

Mon Dieu ! C'est donc vrai ! Et moi qui lui repro-
chais tout bas de se forger des idées, de manquer d'é-
nergie... Mais, dites, il peut guérir... Vous le guérirez ?

ECKART.

Il n'y a qu'un moyen, Madame, un moyen héroïque
de l'arracher à ses douleurs. Quant à moi, je n'ai plus
rien à faire ici, je repartirai ce soir même...

ELIANE (*vivement*).

Vous ne partirez pas, Eckart. Vous n'abandonnerez
pas votre ami...

ECKART (*sans la regarder*).

Vous savez pourtant, vous, ce qui me fait fuir...

ELIANE.

C'est parce que je le sais, parce que je le devine,
que je ne veux pas que vous partiez. Cette faute, dont
le souvenir vous obsède et vous éloigne de moi, ne
serait-ce pas en faire une grande et noble expiation
que de rendre à l'ami outragé la paix de l'âme et la
joie de la vie ?

ECKART.

Vous oubliez, Madame, que cette faute de vous
aimer,... je la renouvelle chaque jour, ne fût-ce que par
de folles chimères...

ELIANE.

Est-ce une raison, Edouard, pour vous mettre le
cœur à la torture, pour aller chercher l'oubli dans ces
contrées perdues d'où l'on ne revient pas ! Non, non,
vous n'irez pas, promettez-le-moi. Vous avez mieux
faire ici. Vous pouvez oublier. Et quand vous ne le
pourriez pas, serait-ce un crime? Que pouvons-nous
contre notre cœur? Nous répondons de nos actes
— non pas de nos pensées dont nous ne sommes
pas maîtres. Condamnerez-vous un homme qui a tué
en rêve? L'idée n'est rien en soi. L'exécution, voilà le
crime. S'il en était autrement, je serais moi-même
une grande pécheresse...

ECKART.

Vous, Eliane ?...

ELIANE.

Moi-même, Edouard. Je puis bien vous le dire aujourd'hui..., quand je pris Ludovic pour époux, ce ne

fut pas sans angoisse que je cédai à ses supplications.
Il m'aimait passionnément..., il me conjurait de ne
pas l'abandonner à son malheureux sort. Moi seule,
disait-il, je pouvais le sauver, le faire triompher de ces
humeurs mélancoliques qui assombrissaient sa vie, par
le rayonnement de ma possession... J'étais jeune, je
fus émue, et je surmontai le secret effroi que me cau-
sait sa présence. Au fond, je le sens aujourd'hui, j'avais
le sentiment que je me dévouais, et ce sacrifice voulu
m'enthousiasmait. Je pensais triompher en effet de sa
mélancolie... Hélas !...

ECKART.

Vous êtes une héroïne, Eliane....

ELIANE.

Une bien faible femme, Edouard. Mais je puis le
dire, je ne me suis jamais laissé abattre, et pendant
des années j'ai désespérément lutté pour accomplir
ma tâche — elle était rude parfois ! — Puis vous êtes
venu. Il m'arriva alors comme à cette héroïne de
l'histoire, que son bon ange abandonna du jour où
son cœur s'ouvrit à des sentiments plus humains. Mon
dernier acte d'héroïsme fut de vous bannir de ma pré-

sence, sans vous laisser apercevoir de ce qu'il m'en coûtait....

ECKART.

Eliane.... Est-ce bien vous.... Vous, qui parlez ainsi !....

ELIANE.

Je vous dis cela, Edouard, afin que vous sachiez que vous n'avez pas été seul à souffrir ; que j'ai partagé votre faute, — si c'en est une, — et que je vous absous, comme je m'absous moi-même. Seulement, rien n'est changé. Nous avons à accomplir, maintenant comme alors, un devoir impérieux : imposer silence à nos cœurs, quoi qu'il en coûte, et demeurer ici, l'un près de l'autre, pour l'aimer, et pour lui faire aimer la vie, à lui qui nous aime et qui a confiance en nous. Voilà pourquoi vous devez rester.

ECKART.

Eliane.... Vous ne savez pas.... Oh! laissez-moi vous dire....

ELIANE.

Rien...., plus rien, Edouard. Tout ce que je viens

4

de vous dire reste à jamais enseveli dans nos âmes.
Plus jamais un mot là-dessus. Jurez-le-moi *(il met une
main sur son cœur)*. Nous allons être désormais comme
deux êtres qui se sont dit un éternel adieu, et qui
dans une heure dernière et solennelle ont dévoilé les
secrets de leur âme. Ici aussi, parfois, il fera froid,
mon ami, comme sous ce ciel du Nord où vous vou-
liez vous enfuir. Qu'importe ! les souffrances sont nos
éperons, et je me sens forte maintenant. Serrez ma
main. Elle ne tremble plus dans la vôtre.... Et maintenant, adieu... Restez et sauvez votre ami....

(Elle l'enveloppe d'un long regard et sort).

SCÈNE VI.

Eckart — puis Martin.

ECKART.

*(La tête dans ses mains, demeure un instant comme
étourdi)*. Ai-je bien entendu ?.... Elle était là..., elle
disait..., elle m'avouait.... Oh ! c'est à perdre la tête,
c'est le ciel et l'enfer dans le même rayon. Le ciel
oui, mais l'enfer aussi, et c'est l'enfer qui me reste....
Et pas d'issue..., toujours pas d'issue !... Pourtant, si

je m'enfuis maintenant, et que je laisse aller les choses, ce malheureux là-bas va subir son destin.... C'est fatal..., il le faut..., et alors, elle est libre, et je suis là, et nous pouvons nous appartenir encore.... Oh! cette volupté sans nom!... Eliane à moi!... et sans que je la lui vole, sans que je trahisse notre amitié, sans que je commette un crime!... Sans que je commette un crime :... Serait-ce vraiment sans crime?... Et qu'est-ce donc, cela, de voir un frère en proie aux affres de la mort, appeler au secours..., et de passer en haussant les épaules et de lui dire : aide-toi toi-même?... J'ai peur de souiller ma main pure....

Martin (entre).

ECKART.

Votre maître est-il couché, Martin?

MARTIN.

Pas encore, M. le Docteur. Mon maître ne se couche guère avant minuit — et il dort toujours mal. Ah! M. le Docteur!

ECKART.

Quoi, mon ami?

MARTIN.

Je voulais seulement dire à M. le Docteur que c'est tout à fait comme chez feu M. le baron. J'ai été quinze ans à son service ! Et un bon maître, M. le Docteur, tout cordial et bon comme son fils. Mais quand ses accès le prenaient, c'était à faire dresser les cheveux sur la tête, et ça nous brisait le cœur à nous autres, vieux domestiques...

ECKART.

Oui, je sais, je sais...

MARTIN.

Mais il n'en sera pas de même de notre jeune maître, n'est-ce pas ? M. le Docteur trouvera bien un remède ! Tu verras, Martin, qu'il me disait tout à l'heure, comme je vais me guérir. Tu n'auras plus tant de peine avec moi, mon fidèle Martin, et il m'a tendu la main et il a ajouté : si quelquefois je t'ai fait de la peine, si j'ai été un peu brusque, pardonne-le moi ; tu sais, je n'y pouvais rien. — Dès aujourd'hui, cela va changer... Et il a voulu me donner une bourse pleine d'or. Je ne l'ai pas prise, vu qu'il avait un air étrange, comme s'il ne savait pas bien ce qu'il faisait, et on aurait pu croire que je l'avais volée. Puis il m'a envoyé pour vous prier de lui accorder un moment (*on sonne*). Ah! voilà sa sonnette. Il a encore besoin de moi.

ECKART.

Non, Martin, c'est pour moi. Il s'impatiente, il a peur que je ne vienne pas... Restez ici.

MARTIN.

Comme Monsieur voudra.

ECKART.

Ayez la bonté de faire atteler pour moi, tout de suite. Je ne resterai qu'un moment chez votre maître, et je repartirai immédiatement.

MARTIN.

M. le Docteur est bien pâle. Veut-il encore un verre de vin ?

ECKART.

Non. Mes respects à votre maîtresse si je ne la revois pas. Restez-lui fidèle, Martin ; dites-lui... Non, ne lui dites rien (*La sonnette retentit violemment*). Je viens, je

viens, pauvre ami ; tu es bien pressé ! Mais tu as raison... chaque seconde augmente ta souffrance et la
mienne !... (*Il sort*).

SCÈNE VII.

Eliane. Martin.

MARTIN.

La bouteille est vide. Mais il n'en dormira pas mieux.
Comme il me regardait tout à l'heure ! Son père avait
aussi quelquefois ce regard. Des yeux pareils ne voient
pas longtemps le soleil ! (*Il enlève le plateau et la bouteille, et se baisse pour ramasser les débris du verre*).

ELIANE (*entre*).

Que fais-tu là, Martin !

MARTIN.

Madame... je ramasse les débris d'un verre que je
viens de casser... maladroitement...

ELIANE.

Tant mieux, Martin ; on dit que cela porte bonheur. Où est M. le Docteur ?

MARTIN.

Il vient d'aller vers Monsieur le Baron. Mais il ne restera pas longtemps, il m'a dit de faire atteler tout de suite.

ELIANE.

Il veut partir ?

MARTIN.

Oui, Madame. Il m'a chargé de ses respects pour Madame ; il voulait encore faire dire autre chose à Madame, mais il s'est repris. Est-ce que Madame pense qu'il pourra faire du bien à Monsieur ?

ELIANE (*distraite*).

Ne fais pas atteler, entends-tu ? J'attendrai ici M. le Docteur. Peut-être changera-t-il d'avis.

MARTIN.

Comme Madame voudra.

(*Il sort*).

SCÈNE VIII.

ELIANE (*seule*).

N'aurais-je pas dû le lui dire ?... Il en sera ce qu'il pourra, il fallait qu'il le sût.... C'était le seul moyen de rompre le charme. Maintenant je me sens calme. Lui, il m'évite encore : il n'est pas sûr de lui ; mais il est de ceux qui font toujours d'autant plus qu'on attend d'eux davantage. S'il reste près de Ludovic, il est impossible qu'il n'ait pas d'influence sur lui... Dieu le veuille ! Oh ! un rayon de bonheur seulement pour me donner des forces dans l'accomplissement de ma tâche !... (*Elle se laisse choir sur un divan*). Il ne m'a pas dit comment il l'avait trouvé ! N'est-ce encore que de la mélancolie, de l'exaltation, ou serait-ce déjà.... Cette scène étrange, tout à l'heure, où il ne pouvait plus se maîtriser devant cet étranger.... Il faudra que je demande à Eckart. Il me dira bien la vérité. — Mais où donc reste-t-il si longtemps ? Quel silence de mort. Pourquoi resté-je ici, au lieu d'aller là-bas ? N'ai-je pas le droit de savoir de quoi souffre mon époux ? Il ne veut pas que j'entre dans sa chambre !... Il n'en était pas ainsi dans les premières années ! Il n'avait jamais assez de moi, et aujourd'hui :... hélas !... il m'appelle une sainte ! Mais il dédaigne mes moyens de grâce ! *(On perçoit un faible son. Elle tressaille et tend l'oreille)* Pas encore lui ! Cette fois, je n'y tiens plus, je veux savoir ce qui en est !...

(Elle se dirige vers la porte. A ce moment on l'ouvre brusquement et Eckart paraît).

SCÈNE IX.

Eliane, Eckart.

ECKART.

(Debout sur le seuil de la porte, d'une pâleur mortelle, s'appuie pour ne pas tomber). Où allez-vous, Eliane ! Vers lui ! N'y allez pas... Il dort....

ELIANE.

Il dort ? Dieu soit loué. Il y a longtemps qu'il ne s'est pas endormi de si bonne heure. Vous lui avez donné un narcotique ?

ECKART.

(Fait un signe affirmatif).

ELIANE.

Si vous pouviez seulement chasser ces songes, ces hallucinations qui l'effraient tellement....

ECKART (*sans lever les yeux*).

(*D'une voix à peine perceptible*). Il dort d'un sommeil que ne hantent pas les songes....

ELIANE.

Que voulez-vous dire ? Edouard, qu'est-il arrivé ? Parlez, je puis tout entendre... (*elle le regarde. Il est livide....*) Mon Dieu ! Il est mort?... Dites.... Mais parlez donc ! (*Eckart se tait. Eliane s'affaisse sur le sopha, la figure dans ses mains, puis brusquement se relève et veut sortir*).

ECKART.

Restez. Eliane. N'y allez pas. C'est fini. Il s'est endormi, sans lutte, sans douleur. Il est heureux..., après tant de souffrances....

ELIANE.

(*Le regarde d'un air effaré, puis, d'une voix éteinte*) : Il s'est... tué ?...

ECKART.

Sa dernière prière fut de vous dire qu'un coup de

sang l'avait emporté, mais, devant vous, je ne puis pas mentir... Pardonnez-lui : le mal était horrible, et sans espoir. Tout s'est terminé sans lutte..., il méritait de mourir en héros. Et cette dernière révolte de la chair, qu'il redoutait par-dessus tout, elle lui a été épargnée... Cette paix dont il avait soif..., qu'il me conjurait de lui donner... (*d'une voix presque imperceptible*) je l'ai aidé... à la trouver...

ELIANE.

Edouard ! Oh ciel !... (*Elle tombe sur le sopha et prend sa tête entre ses mains*).

ECKART.

Il m'en avait supplié...., il me l'avait demandé comme le dernier service à rendre à un ami. Je l'ai fait pour lui. Je n'oublierai jamais la reconnaissance ineffable de ses yeux lorsqu'il murmura « merci »... Et il m'a recommandé de ne pas vous abandonner... Ce soir, je resterai ici..., demain...

ELIANE.

(*Dans l'attitude d'un profond désespoir, renversée sur le sopha, les yeux fixes et perdus*) Demain..., demain..., aurons-nous encore un lendemain?...

ECKART *(avec force).*

Non, vous dites vrai, nous n'avons pas de lendemain. Ma vie est brisée. Je dois partir. J'ai obéi à ma
conscience. Quoi qu'il arrive, je ne regrette rien, j'ai
fait mon devoir. Mais rester ici..., hériter de son
bonheur !.... Non, de libérateur que je suis, je devien-
drais son meurtrier... Oh !...

ELIANE.

(Se lève brusquement et veut sortir).

ECKART *(vivement).*

Eliane, où allez-vous ? Vous voulez y aller... seule...
et toutes les émotions... Non, je ne vous laisse pas !

ELIANE.

Edouard, nous ne devons plus respirer le même air,
plus jamais. Le sacrifice est héroïque, ne le profanons
pas. Adieu, Adieu pour toujours.

ECKART.

Eliane !...

ELIANE.

(Avec un regard qui l'arrête sur place) Adieu *(elle sort).*

                 (La toile tombe).

FIN.

www.ingramcontent.com/pod-product-compliance
Lightning Source LLC
Chambersburg PA
CBHW071250210626
46818CB00013B/726